MARAVILLAS ASOMBROSAS

LAS ESTATUAS DE LA ISLA DE PASCUA

POR HEIDI NEWBAUER

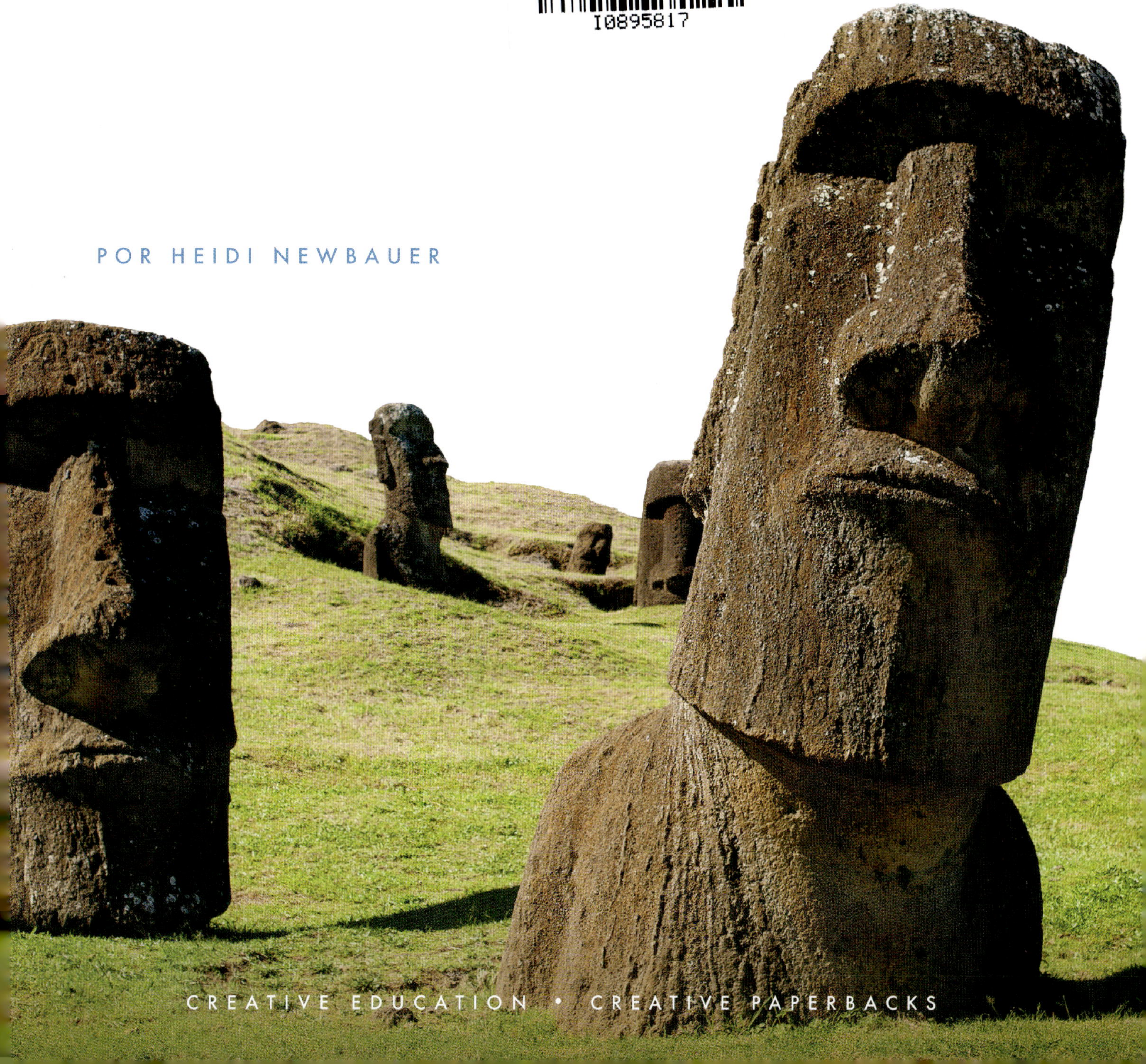

CREATIVE EDUCATION • CREATIVE PAPERBACKS

Publicado por Creative Education y Creative Paperbacks
P.O. Box 227, Mankato, Minnesota 56002
Creative Education y Creative Paperbacks
son marcas editoriales de Creative Company
www.thecreativecompany.us

Diseño de The Design Lab
Dirección de arte de Graham Morgan
Editado de Jill Kalz
Traducción de TRAVOD, www.travod.com

Fotografías de Getty (Atlantide Phototravel, Don Farrall), iStock (Carlos Aranguiz, leonard78uk, Nickolai Shitov), Pexels (Diego Gonzalez, J B, Xavier Mena), Unsplash (Antonio Sánchez, Mockup Graphics, Sophie Laurent, Stephanie Morcinek, Yoko Correia Nishimiya)

Library of Congress Cataloging-in-Publication Data
Names: Newbauer, Heidi, author.
Title: Las estatuas de la Isla de Pascua / Heidi Newbauer.
Other titles: Statues of Easter Island. Spanish
Description: Mankato, Minnesota : Creative Education, Creative Paperbacks, [2025] | Series: Maravillas asombrosas | Original title: Statues of Easter Island. | Includes bibliographical references and index. | Audience: Ages 6–9 | Audience: Grades 2–3 | Summary: "Translated into North American Spanish, an elementary-level introduction to the stat ues of Easter Island (moai), in the South Pacific, covering how, when, and why the Rapa Nui people crafted the famous wonders. Includes captions, on-page definitions, and an index"—Provided by publisher.
Identifiers: LCCN 2023045344 (print) | LCCN 2023045345 (ebook) | ISBN 9798889891116 (library binding) | ISBN 9781682775349 (paperback) | ISBN 9798889891413 (ebook)
Subjects: LCSH: Easter Island—Antiquities—Juvenile literature. | Rapanui (Easter Island people)—Juvenile literature.
Classification: LCC F3169 .N4918 2025 (print) | LCC F3169 (ebook) | DDC 996.18—dc23/eng/20231018

Impreso en China

Índice

Puede haber hasta 1043 estatuas gigantes en la Isla de Pascua.

Las estatuas de la Isla de Pascua son enormes piedras con forma de humanos. Están hechas de roca **volcánica**. Otra forma de llamarlas es "moai".

volcánica hecha por un volcán

La Isla de Pascua se encuentra en el océano Pacífico Sur. Es una parte especial de Chile, en Sudamérica. La isla tiene un tamaño similar a Washington, D.C.

Algunos moai llevan "sombreros" puestos, hechos de piedra roja, pero nadie sabe por qué.

Los moai fueron construidos entre el año 1000 y la década de 1650. Los habitantes de la Isla de Pascua gozaron de prosperidad durante este período. Cultivaban batatas, criaban pollos y pescaban. También eran hábiles artesanos.

Muchas cabezas moai tienen cuerpos completos enterrados bajo la tierra.

Todos los moai tienen caras alargadas y narices anchas.

Los isleños se llaman Rapa Nui. Son una mezcla de los habitantes de las islas **aisladas** alrededor de la Isla de Pascua. El pueblo Rapa Nui tiene una larga historia de trabajar con las manos.

aislado lejos de otros lugares

Es un delito tocar las estatuas de la Isla de Pascua.

Nadie sabe a ciencia cierta por qué se construyeron los moai. Los científicos creen que honran a los **ancestros** de los Rapa Nui. Varias estatuas miran a la tierra. Se cree que cuidan a los isleños y los mantienen a salvo.

ancestros gente de hace mucho tiempo con la que estás emparentado

No Tocar
Do not touch

La altura de las estatuas varía entre 10 y 40 pies (3–12 metros) y su peso es de hasta 82 toneladas (74 toneladas métricas).

Las estatuas fueron talladas en roca volcánica blanda. Los trabajadores primero daban forma a los lados de la estatua. Después daban forma a la parte de atrás. Usaban picos y cinceles especiales llamados toki.

cinceles herramientas de mano con un borde afilado cortante

Una vez que terminaban la parte de atrás, los trabajadores ponían la estatua en un carretón grande. Llevaban la estatua hacia tierras planas para terminar de tallarla. El proceso se hacía en secreto. Los trabajadores no querían molestar a los espíritus de sus ancestros.

Cientos de estatuas se elevan inconclusas en un sitio llamado Rano Raraku.

Muchos científicos se preguntan cómo las personas movieron estas piedras tan grandes. Una idea es que los trabajadores ataban cuerdas alrededor de tres lados de una estatua. Luego, mecían la estatua hacia delante jalando la cuerda.

Muchos Rapa Nui creían que las estatuas caminaban solas hasta sus puestos.

Los moai están en peligro de desaparecer. El agua y el viento desgastan la roca blanda. En la actualidad, se está trabajando duro para mantener a salvo a las estatuas. Los moai todavía tienen mucho que enseñarnos sobre el pueblo Rapa Nui del pasado.

Los moai más antiguos de la Isla de Pascua están allí desde hace unos 1000 años.

Maravilla destacada: para las aves

La cultura de la Isla de Pascua incluye el culto al hombre pájaro. Este grupo de personas adoraba a un dios con cuerpo de hombre y cabeza de ave. Cada año, celebraban una carrera para ver quién podía recoger primero el huevo de un ave especial. Los concursantes se arriesgaban a caer de los acantilados, ahogarse y ser comidos por los tiburones. El ganador recibía regalos y se convertía en el líder del grupo durante un año.

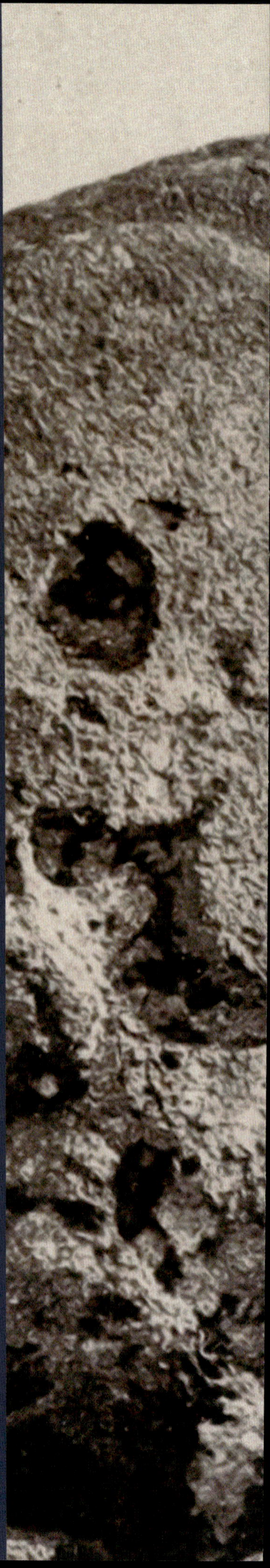

Índice alfabético